MARCAS DO TEMPO

Três histórias do Brasil

Maria Célia Nunes
Walter Lara

1ª edição.
Belo Horizonte,
novembro de 2024

aletria
EDITORA

Catalogação na publicação
Elaborada por Bibliotecária Janaina Ramos – CRB-8/9166

N972m

Nunes, Maria Célia

Marcas do tempo: Três histórias do Brasil / Maria Célia Nunes; Ilustrações de Walter Lara. – Belo Horizonte: Aletria, 2024.

36 p., il.; 21 X 28 cm

ISBN 978-85-9526-172-3

1. Conto. 2. Literatura brasileira. I. Nunes, Maria Célia. II. Lara, Walter (Ilustrador). III. Título.

CDD 869.93

Índice para catálogo sistemático - I. Conto : Literatura brasileira

Editora-chefe: Rosana de Mont'Alverne Neto
Coordenador editorial: Luiz Carlos Elói
Assistente editorial: André Xavier
Assistente executiva: Lara de Borba Lopes
Comunicação: Sílvia Amélia de Araújo
Estagiário acadêmico de edição: Murilo Vale Valente
Projeto gráfico: Natália Calamari

aletria EDITORA

Praça Comendador Negrão de Lima, 30-D – Floresta,
Belo Horizonte - MG, 31015-310
Tel: +55 31 3296 7903
www.aletria.com.br

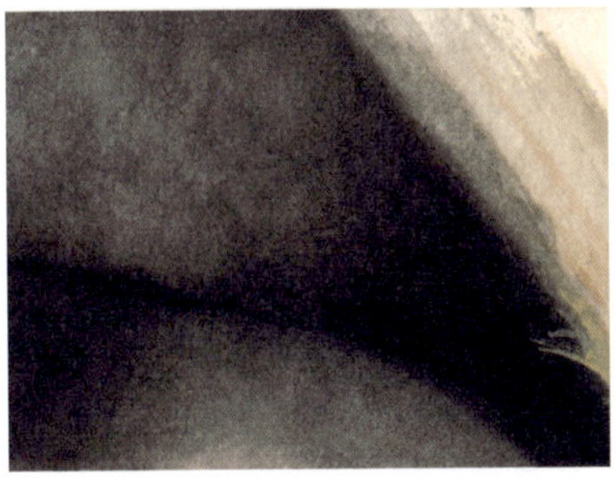

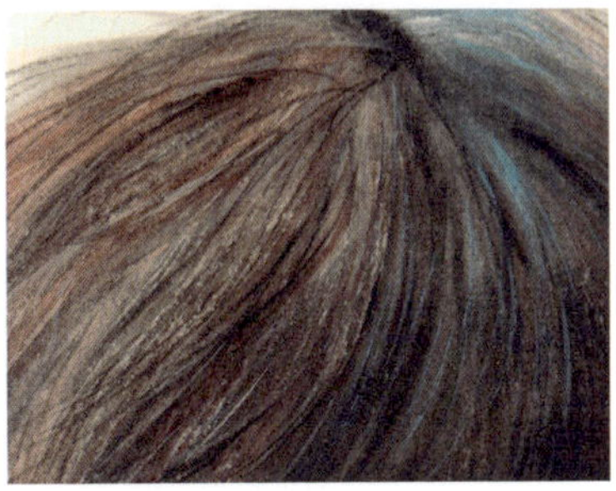

As chamas e o legado

O vermelho dourado do entardecer coloria de beleza o horizonte. Uma brisa suave tocava de leve a pele morena, vincada por tantas batalhas e dores trazidas pelos novos tempos.

Inaiá alcançou o topo da colina, com passos claudicantes. De pé, lá do alto, estática como um farol, percorria as distâncias com olhar úmido, medindo a destruição. Os brancos e esvoaçantes cabelos lhe tolhiam a visão do todo. Ruínas vistas aos pedaços amenizavam suas premonições de que a vida para seu povo jamais seria a mesma com a invasão do homem branco. A lágrima, escorrida no rosto curtido, trazia, como inexorável, a trágica sina. Inaiá tinha consciência do valor simbólico da derradeira missão, destinada a ela pelo Grande Espírito da Floresta.

Inaiá nasceu e cresceu ali, aonde sua trisavó chegara, trazendo sua bisa no ventre, junto com toda a nação Tupiniquim, depois de uma longa e exaustiva peregrinação em busca da Terra Sem Males. Seu povo vivera ali, em meio aos benefícios da natureza, respirando liberdade. Caçavam, pescavam, plantavam roçados, fabricavam cestos, arcos, flechas e produziam cauim. As crianças brincavam soltas, correndo livres como os animais, imitando o som dos pássaros. Aprendiam, desde pequenas, a linguagem das matas e de todos os seres que nelas vivem e delas sobrevivem. À noite, estiradas na terra, sob a luz das estrelas e do luar, contemplavam o universo, tentando decifrar os mistérios da vida. Pindorama, Terra das Palmeiras, retalho vivo de uma memória jamais adormecida.

Inaiá veio ao mundo no dia 22 de abril de 1500. Nesse mesmo dia, pisadas brancas de botas escuras e fétidas, armadas com ferro e fogo, trouxeram a destruição. Singraram os mares, sangraram as gentes, mutilaram as matas, exploraram as riquezas, tudo sob as bênçãos da cruz, que embalava a fé.

O dia chegou em que Inaiá, uma adolescente de 13 anos, banhando-se sob a luz da lua refletida nas águas cristalinas do rio, teve seu corpo agarrado por monstruosos braços peludos, suas entranhas devastadas, dilaceradas, queimadas pelo fogo ardente da volúpia insana daqueles olhos azuis, tão brilhantes quanto repulsivos.

O tempo cuidou das dores do corpo, mas não da agonia da alma. As feridas cicatrizavam enquanto Inaiá sentia se avolumar o ventre. Inaiá deu à filha o nome de Sahy, a lágrima, prenúncio de vida contaminada. Nódoas sinistras, ameaçadoras, pairavam no céu, entremeadas às nuvens. Um tempo de horrores se avizinhava.

Sahy cresceu junto da mãe. Quando pequena, atada ao corpo de Inaiá por uma tipoia, era conduzida a todo lugar: à mata, ao roçado para plantar e colher mandioca, ao rio, para buscar água e se banharem. A menina crescia e aprendia com a mãe a respeitar os segredos da mata, a acompanhar o curso dos rios e a ouvir a voz dos ventos. Curiosa e observadora, Sahy logo aprendeu o valor das altas copas das árvores, dos animais, das nascentes dos rios. Inaiá ensinou à Sahy o poder curativo de plantas, raízes e sementes, depois, repassado às gerações futuras.

De Sahy veio a filha Poatã; do ventre de Poatã, Iaçã e, desta, Jacira,
trineta de Inaiá.

Inaiá possuía o dom das palavras. À noite, rodeada por seu povo, contava histórias, lendas, relatos de vivências, recantos intocados da memória. Realidades impactantes, na vida de seu povo, desde a invasão das terras de Pindorama por monstros alados, vindos do mar. Derrubavam árvores, escravizavam homens fortes e bravos e mulheres jovens, abandonando, à própria sorte, velhos e crianças, que morriam à míngua, de febres do branco e de fome. Com voz suave e amorosa, no compasso das maracas, entre o silêncio e o canto das crianças, Inaiá repassava os ensinamentos e tradições de seus ancestrais em conexão com o Grande Espírito.

Quando a sombra da noite tingiu o tempo, Inaiá desceu a colina com dificuldade. Sentia, no corpo frágil, o cansaço dos anos; restava-lhe, contudo, a parte final de sua missão na terra.

No centro da aldeia, reunida com cinco gerações de mulheres e homens, Inaiá lhes ensinou o Ritual Sagrado: o local exato da floresta, a forma correta de acender o fogo, o canto a ser entoado e a história a ser contada. Assim, invocariam o Espírito Ancestral sempre que as chamas da ganância do homem branco consumissem vidas da floresta. O Grande Espírito viria guiá-los pelos caminhos da resistência, da luta ou da paz, mas jamais o da sujeição passiva. Dessa forma, manteriam sempre acesa a luz da esperança.

Silenciosa, Inaiá recostou-se no tronco da Ibirapitanga e, sentindo a leveza da alma, cerrou os olhos.

O menino e a mulher

Munji, cujo nome significa guerreiro valente, nasceu em uma pequena aldeia de Angola, próxima ao litoral. Munji era só alegria. Astuto, irrequieto, inteligente, inventava e liderava mil brincadeiras, sempre enturmado com outras crianças da aldeia. Subiam em árvores, banhavam-se e pescavam nos riachos. Tudo sob os olhares atentos das mães - corações angustiados a pressentir o perigo. Viviam tempos de tensão e medo. Macabras transações comerciais envolviam portugueses, mercenários e chefes locais de aldeias, no tráfico de pessoas.

Certo dia, um barulho ensurdecedor marcou a chegada repentina de homens vindos da terra e do mar. Cercaram a aldeia e aprisionaram seu povo. Os brancos traziam, em suas embarcações, volumosos carregamentos de mercadorias baratas diversas, sobretudo aguardente e fumo. Essas mercadorias eram trocadas pelas gentes das aldeias com os chefes locais.

Atado a correntes que o prendiam aos pais e a outros homens, mulheres e crianças, Munji caminhou até o litoral. Os prisioneiros foram forçados a embarcar e jogados nos porões escuros do navio, conhecido como Tumbeiro, que fazia tráfico intercontinental de seres humanos, da costa da África ao litoral do Brasil. Antes de embarcarem, os pais de Munji, seguidos por outros prisioneiros, se abaixaram rapidamente, apanharam um punhadinho de terra e engoliram, forma que encontraram de jamais perderem o vínculo com suas raízes.

O menino padeceu, sem ter como compreender todos os martírios daquela viagem. A mãe morrera contaminada por peste; o pai, da violência que tortura e mata os rebeldes. Passou fome, sede, frio, sentiu as dores do corpo e da alma, por dias e semanas a fio; um suplício que parecia não ter fim.

Em solo brasileiro, de olhinhos assustados e mãos trêmulas, o menino se viu largado no chão frio e imundo de um lugar sinistro. Um burburinho de gente entrando e saindo; um tilintar de correntes se arrastando, palavras de ordens, gritos, choros, cheiros e lamentos. Era o mercado de escravizados, em dia de leilão.

Um senhor de engenho, figura imponente, acompanhado pelo feitor de sua fazenda, percorria o recinto. Observava atento, aqui e ali, à procura das "peças" que lhe convinham. Olhou para o menino e disse ao feitor: "quero esse negrinho". Caminhou mais um pouco, olhou ao redor. Reparou uma mulher e a apontou com sua requintada bengala de ébano, incrustada em ouro, e ordenou: "vou levar também essa negra, boa para parir e dar leite". Com voz cortante e fria como o aço da navalha, foi categórico: "só ela."

Aguardaram o momento em que as "peças" foram levadas à leilão.

O menino, com o coraçãozinho aos pinotes, sentiu um medo terrível lhe queimar as entranhas quando mãos poderosas o seguraram, como se fossem garras, e o jogaram na traseira de uma velha carroça. Por mais que tentasse, o menino jamais conseguiria entender o que aquelas criaturas estranhas diziam, faziam e queriam. O mundo, fora de sua aldeia, lhe parecia ameaçador. Era um menino aterrorizado, desamparado e absolutamente só.

No canto oposto da carroça, uma mulher desacordada, ainda presa a correntes, foi largada ali. Cabeça pendida sobre o peito, braços marcados por vergões, encharcados de sangue, largados junto ao corpo. A mulher tivera o filho, ainda bebê, brutalmente arrancado de seus braços, por exigência do comprador. Tentara segurar e proteger o filho, envolvendo-o com seu próprio corpo e braços, que foram violentamente açoitados.

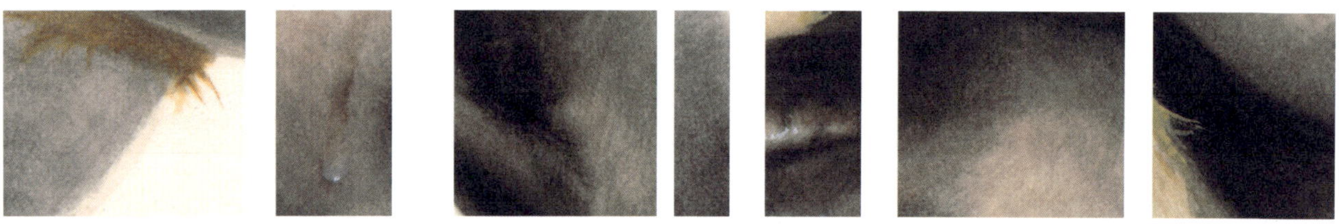

No pior momento, de suprema agonia, caíra desfalecida. Nem mesmo se dera conta de quando a carregaram e a puseram dentro da carroça. Seu espírito se evadira do corpo e pairava, em uma outra dimensão, acima da terra, abaixo das estrelas. Sentia-se flutuar, levada com suavidade pela brisa, acompanhando o delicioso balanceio das ondas do mar. A sensação era de infinito prazer e beleza, não mais de sofrimento e dor.

Entretanto, o barulho dos cascos do cavalo, o ranger das rodas e o sacolejo incessante da carroça ao transitar pela esburacada estradinha de terra trouxeram a mulher do mundo de devaneios à vida real. Acordou assustada; voltou a sentir as dores do corpo e da alma. Reparou ao redor com estranheza. Encolhida em um canto, abraçada às perninhas magras e frágeis, uma criança que não tirava os olhinhos dela, semblante assustado, rostinho pidão.

Os olhares se cruzaram. A mulher sorriu para a criança. Uma súbita onda de calor e compaixão invadiu seu corpo, irradiando-se pelos poros da pele, aquecendo seu coração ferido. Estendeu-lhe a mão, ainda trêmula. Os dedinhos finos e compridos da criança se agarraram aos dela, como se deles dependesse sua salvação. Era a mão protetora da mãe que viera ampará-lo e transmitir-lhe segurança. Nada foi dito; as palavras, naquele momento, eram dispensáveis. Mesmo que dissessem algo, não se compreenderiam, oriundos de países diferentes, de distintos linguajares: ele, de Angola; ela, da Guiné. Pessoas estranhas, reunidas pela mão do destino. Coisificadas pela tirania escravagista, despojadas de tudo, de suas raízes, de seus familiares, de suas identidades, de suas histórias, de seus sonhos, de sua liberdade, mas solidárias na mesma solidão.

A magia do momento e a eloquência do silêncio envolveram o menino e a mulher num turbilhão de sentimentos mútuos. Olhares marcados por uma infinita ternura, que jamais se abalaria diante das adversidades. A mãe encontrara o filho - não o filho gerado na intensidade da paixão, não o filho fruto da lascívia infame e prepotente do senhor, mas o filho parido do coração. O filho encontrara a força e a doçura acolhedora da mãe. A criança deitou sua cabeça, de mansinho, no aconchego daquele colo amoroso, com jeito e cheiro de mãe. Ela acariciou, suavemente, seus cabelos com a ponta dos dedos, impregnando-o com a ternura de seu olhar, cujo brilho fora ofuscado pelo sofrimento.

O encontro de amor acontecera de véspera, antes mesmo de chegarem ao seu destino: amor de mãe, amor de filho, amor brotado da dor, fortalecido na resistência e inspirado no fervor da luta pela liberdade. Assim seguiram, unidos e solidários, pelas encruzilhadas da vida: Munji, o Guerreiro Valente, e Badu, a Guardiã.

Amor Proibido

A vida imita a arte ou a arte imita a vida?

Primavera de 1886. Um escândalo abalou os alicerces da fina flor da sociedade carioca. Detalhes cabeludos do caso, contados a conta gotas, aumentavam a tiragem e a venda dos maiores jornais, como "A Gazeta do Brasil" e, sobretudo, de jornalecos sensacionalistas como "O Observador". Seus repórteres eram atentos ao que corria à boca pequena nas ruas com linguagem debochada. Os textos saíam bem-humorados, com charges irreverentes e as notícias mantinham o foco nos detalhes sórdidos e picantes do rumoroso caso.

Naquela manhã, as flores do jardim se enraizavam no coração de Eleonora. Ela mal disfarçava a alegria e a euforia que lhe tomavam por inteiro, o corpo e os sentidos. Deixou de lado o arranjo de flores, colocado no belíssimo vaso de porcelana chinesa, pois havia providências práticas e urgentes a serem tomadas.

— Juquinha, corra até a casa do Marquês de Aldrávia e lhe entregue esse bilhete, a resposta tem que ser imediata. Vá num pé e volte no outro.

Lá se foi o ladino moleque, numa corrida desenfreada pelas ruas da cidade, sem tempo até de parar para tomar fôlego. Juquinha sabia que valia a pena o esforço, pois teria alguma recompensa de sua sinhá.

Lorenzo, o Marquês de Aldrávia, nobre falido, perdera toda a fortuna, mas não a pose. Transitava com pompa, circunstância e desenvoltura pelos requintados salões cariocas, até mesmo nos do Paço Imperial. Homem alto de barba e bigodes aparados com esmero, trajes e hábitos refinados. Com seu olhar penetrante, cinza esverdeado, tinha consciência do magnetismo que exercia sobre as mulheres, sobretudo as casadas. Passava dias sem vinténs, por isso, a saída era colecionar amantes, mulheres enfastiadas de suas vidinhas enfadonhas com os maridos e dispostas a contrair empréstimos para financiar a vida perdulária do amante. Em contrapartida, teriam, para o seu deleite, as artes e as manhas de amor de um homem envolvente, um mestre nos traquejos da sedução.

Lorenzo, o marquês, leu a mensagem, com ares de triunfo e zombaria:

"Meu amor, sinto-me eufórica; sua companhia me inspira. O parvo do Assis viajou a negócios e só retornará em dois dias. Podemos ir à ópera, depois teremos toda uma noite para acolher o nosso amor, diferente dos encontros furtivos, à tarde, no quartinho dos fundos da Casa de Chá. Aguardo sua resposta."

O marquês pensou: "uma aporrinhação essa história de ópera", mas estava ciente de que contrariá-la não fazia parte de sua meticulosa tática de conquista. Rabiscou rapidamente uma estudada e melosa resposta afirmativa e entregou-a a Juquinha.

Eleonora recebeu o bilhete, com rasgados elogios à sua beleza e boas pitadas de sensualidade. A carruagem do marquês iria apanhá-la pontualmente às 20h. Ficou radiante pelas maravilhosas oportunidades que não dispensaria. A noite prometia.

O casamento de Eleonora e Assis, como era de praxe na época, havia sido arranjado pelos pais de ambos. Ele por ser considerado bom partido: promissor funcionário do Tesouro Real, mais tarde transformado em homem de confiança de Pedro II, para cuidar das finanças do Império. Ela, filha de prestigiado Barão do Café, mas arruinado, devido à ascensão de outro polo cafeicultor no Oeste Paulista.

As desavenças entre ela e o marido começaram logo no início do casamento, motivos corriqueiros, banais, que foram se agravando, tornando-se cada vez mais frequentes com o passar do tempo. Um ódio velado, mal reprimido, permeava a relação do casal, mas mantinham as aparências para consumo social. A situação deteriorou-se por completo quando sua irmã caçula, Cassandra, na época uma criança, viera morar com o casal, após a morte repentina da mãe.

Desde que se tornara amante de Lorenzo, o marquês, Eleonora, uma digna representante das damas da elite local, passou a tomar atitudes ousadas, pecaminosas aos olhos da Igreja e abomináveis segundo os rígidos padrões morais ditados pela sociedade, é claro, no que dizia respeito ao comportamento

das mulheres. Aos homens tudo se tolerava, inclusive manter suas *garçonières* - imóveis pequenos, destinados a encontros com amantes. Eleonora estava mesmo decidida a não mais se submeter ao jugo matrimonial, principalmente agora, que a vida começava a lhe sorrir. Iria abandonar-se ao prazer, mesmo que a opinião alheia e as instituições se insurgissem contra ela; mesmo que a sociedade e a Justiça, como de costume, concedessem ao marido traído o direito de matar a esposa adúltera. O amor, nunca antes vivido, que lhe incendiava os poros da pele, inflamava o peito, atiçava os sentidos, valia os riscos corridos.

Eleonora maldizia, todos os dias, ter que conviver com aquele "pulha" insensível e enfadonho, que praticamente a ignorava. Tomaria as rédeas de seu próprio destino, não iria desperdiçar sua mocidade em amarguras e desprazeres. Ela não se apercebia que o tal marquês se acercara dela como uma serpente, envenenando-lhe o sangue e entorpecendo-lhe a mente. Com meticulosa e estudada calma, o marquês preparava o terreno para, no momento propício, aplicar-lhe o calote financeiro.

Eleonora, naquela noite, aprontou-se com um esmero pouco comum. Colocou um elegante vestido em tons combinados de azul, realçando o brilho dos olhos da mesma cor, um decote ousado deixava à mostra o colo alvo e o contorno dos seios. Prendeu os longos cabelos ruivos e escondeu-os sob um gracioso chapéu cor de palha, que escondia parte do rosto. Escolheriam para sentarem-se um canto, na primeira fila, a salvo de olhares indiscretos.

Após a ópera, momentos avassaladores de paixão, prazeres e loucuras consumiram as forças, os sentidos e a razão de Eleonora.

Na manhã seguinte, ao entrar em casa, Eleonora surpreendeu-se com uma carta do marido Assis, passada por debaixo da porta. Curiosa e impactada pelo inesperado, rasgou o envelope e leu o chocante conteúdo, que sangrou-lhe o peito, como um afiado punhal. Nela, Assis dizia:

"Hoje me sinto radiante, livrei-me, em definitivo, de seu maçante convívio. Como torci, nessas últimas semanas, para que você fugisse com esse marquês

calhorda e interesseiro, mas tua covardia e insegurança a impediram de tal ousadia, mulher titubeante, sem vontade própria. Quando você estiver lendo essa carta, Cassandra e eu já estaremos fora do país, desfrutando de antigo sonho, vivermos livres a plenitude de nosso amor. Impossível mantê-lo em sigilo por mais tempo, pois, com Cassandra grávida, não teríamos como ocultar o óbvio. Deixo-te a casa."

Eleonora enrijeceu o corpo, estarrecida, paralisada. Como não percebera aquele obsceno adultério debaixo de seu nariz! A chicotada rasgou-lhe a carne e afugentou-lhe a razão. Tomada pela ira, Eleonora se pôs aos gritos, dizendo impropérios. Destruía o que via pela frente, esmurrava portas, vidros, espelhos, dilacerando mãos e braços. Passado o momento de fúria, passou a caminhar em roda, a passos lentos, murmurando baixinho palavras desconexas, que saíam de sua boca como se fosse uma enxurrada. Sua aparência identificava balbúrdia mental e emocional. A noite de delírios e prazeres, passada com o marquês, fora de vez extirpada de sua mente. A frágil saúde de sua psique havia se rompido; fora-lhe de vez o juízo.

No final da manhã, Rosalina, fiel e confidente mucama da senhora, aflita,

enviou um telegrama ao dr. Simão Bacamarte, destacada figura do meio científico, idealizador e fundador da Casa Verde, hospício, na cidade de Itaguaí.

Dado o *status* social da família da alucinada, o dr. Simão Bacamarte deslocou-se de Itaguaí à cidade do Rio de Janeiro para examiná-la pessoalmente. Movido pelo interesse e pela curiosidade próprios dos cientistas, acompanhou os momentos de fúria, alucinação e espasmos de Eleonora, que se refugiara em um mundo paralelo. Inerte e frio como um deus de pedra, o destacado médico ordenou aos enfermeiros que conduzissem, com cuidado, a refinada dama à Casa Verde de Itaguaí e, lá chegando, a recolhessem à galeria dos alucinados. Eleonora iria transformar-se em mais um objeto de estudo e experimentação científica do obcecado pesquisador, por ser considerada uma pessoa deserdada do espírito.

O marquês de Aldrávia afastou-se por algum tempo dos salões e saraus, para que a ele fosse concedido o benefício do esquecimento, enquanto, é claro, seus parcos recursos aguentaram. Depois, voltou a circular com ainda mais segurança, convicto de que sua fama de exímio amante atrairia um número considerável de mulheres da alta sociedade que abriam seus leques em códigos secretos pelos refinados salões do Rio de Janeiro.

Sobre a autora

Maria Célia Nunes nasceu em Belo Horizonte, cidade onde reside. É casada, mãe de três filhos e avó de seis netos e netas. Licenciada em História pela UFMG e pós-graduada pela PUC-MG. Depois de lecionar por 31 anos, já aposentada, tem se dedicado à narração de histórias, desde 2005.

Já publicou textos em três coletâneas: "Minas das Múltiplas Gerais" pela Ed. Páginas; "Falas Negras", um grito de protesto e de resistência à naturalização do racismo estrutural, publicado pela Ed. Letramento; "Meus Tempos de Criança", publicada em 2023. Também em 2023 publicou seu livro de estreia "Retalhos do Tempo", pela Ed. Literíssima.

Maria Célia é uma exímia contadora de histórias e agora se mostra uma "historiadora dos contos", esse delicioso gênero das "shorts stories", indo buscar na história brasileira e em valiosas referências literárias os ingredientes que nos conduzem a três comoventes viagens às raízes do Brasil.

Sobre o ilustrador

Walter Lara nasceu em Betim, Minas Gerais, em 1952. Já ilustrou dezenas de livros. Nos últimos anos, se tornou também autor com "O Artesão", "Como Nascem os Pássaros Azuis", "Na Biblioteca da Rua Direita", "Roda mundo" e "A casa vazia". Enquanto desenha, usa aquarela com pouquíssima água e ouve algumas canções repetidamente para buscar o que pode ter passado despercebido.

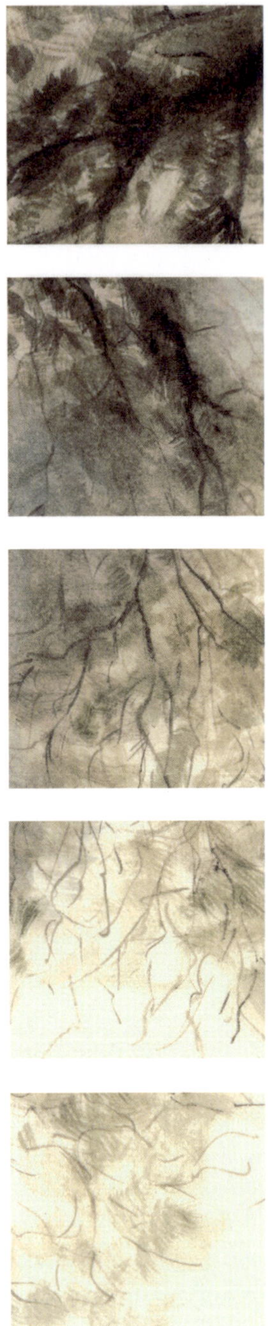

Este livro foi composto com a fonte
Playfair Display, capa em papel cartão
250g/m² e miolo em papel offset 150 g/m².
Impresso na primavera de 2024.